W0210132

AD ADVLESCENTIAM.

ZEP

titeuf

14

bienvenue en adolescence!

Glénat

Pour Charles.

Zep.

Du même auteur :

Titeuf
T1 à T14
Petite Poésie des Saisons
Le Monde de Zep
Titeuf a 20 ans
Le Guide du Zizi Sexuel
(textes d'Hélène Bruller)

Captain Biceps *(dessins de Tébo)*
T1 à T6

Comment dessiner ? *(dessins de Tébo)*

Les Chronokids *(dessins de Stan & Vince)*
T1 à T5
Les Grandes Inventions de l'Histoire

Éditions Glénat

Happy Sex
Happy Girls
Happy Rock
Happy Parents

What a Wonderful World

Éditions Delcourt

Les Minijusticiers
(textes d'Hélène Bruller)

Éditions Hachette

Carnet Intime

Éditions Gallimard

Une Histoire d'Hommes
Découpé en Tranches

Éditions Rue de Sèvres

www.zeporama.com
www.tcho.fr

COULEURS : Laurence & Bruno CHEVRIER
Tchô! la collec'...
Collection dirigée par J.-C. CAMANO

© 2015, Zep
© 2015, Éditions Glénat pour la présente édition.
Couvent Sainte-Cécile – 37, rue Servan – 38000 Grenoble
Tous droits réservés pour tous pays.
ISBN : 978-2-344-00846-1 / 001
Dépôt légal : août 2015
Achevé d'imprimer en France en août 2015 par Pollina - L11493,
sur papier provenant de forêts gérées de manière durable.

Certifié PEFC
Ce produit est issu de forêts gérées durablement et de sources contrôlées.
PEFC 10-31-2065
pefc-france.org

T'ES VRAIMENT SÛR ?
PFFF...
TU VAS GARDER CE BONNET TOUT LE TEMPS ?
OUI !
JE TE DIS ÇA PARCE QUE ÇA FAIT UN PEU DÉBILE, COMME STYLE...
PFFF...
ET ÇA ?! C'EST PÔ DÉBILE ?!?!
OUPS !
ÇA A PAS TELLEMENT REPOUSSÉ...
EN TROIS JOURS... NON.
EH BIEN TITEUF... TU T'ES FAIT SCALPER PAR LES APACHES ? HIHIHIHIHI !
GNAGNAGNA HYPER DRÔLE !
J'VOUS JURE, C'EST PÔ FACILE D'ÊTRE UN SEX-SYMBOL !
?
TCHÔ TITEUF... TU VAS FAIRE DU SKI ?
PÔV' NAZE DU SLIP !
C'EST ARRIVÉ VENDREDI ... PENDANT LA VISITE DU MUSÉE ...

CHOISISSEZ UNE SCULPTURE ET ÉCRIVEZ QUELQUES LIGNES SUR CE QU'ELLE VOUS INSPIRE...
ON DEVAIT FAIRE DES GROUPES DE DEUX...
ÇA T'INSPIRE QUOI ?
TITEUF AVAIT RÉUSSI À ÊTRE AVEC RAMATOU.
BEN...
IL A L'AIR DE DEMANDER QUELQUE CHOSE ...
PEUT-ÊTRE QU'IL VEUT SAVOIR OÙ ON A PLANQUÉ SES HABITS ?
TITEUF...
...OU QUI LUI A PIQUÉ SON ZIZI ?
... C'EST VRAI, C'EST PÔ COOL, ÇA...
ON PEUT ÉCRIRE QU'IL A L'AIR D'IMPLORER LE CIEL POUR ... POUR...
POUR QU'ON LUI RECOLLE SON ZIZI !!
PFFF...
SALUT LES AMOUREUX !
JE VOUS DÉRANGE PAS ?
BEN SI, JUSTEMENT, TU NOUS DÉRANGES !
AH BON ?
2
Z.

JE TE SIGNALE QUE TITEUF EST AMOUREUX DE MOI DEPUIS TOUJOURS, MADAME "J'AI-UNE-CASQUETTE-RIDICULE" !
AH BON ? ALORS POURQUOI EST-CE QU'IL VEUT TOUJOURS ÊTRE AVEC MOI ?!
C'EST JUSTE PARCE QUE JE NE RÉPONDS PAS À SES LETTRES DÉBILES...
... GENRE "NADIA, TU ES BELLE COMME DU NOUGAT" ...
TU LUI AS ÉCRIT ÇA ?
C'ÉTAIT POUR LA RIME...
TU NE PEUX PAS LUTTER CONTRE MON CHARME ÉLECTROMAGNÉTIQUE !
TITEUF, DIS AU REVOIR À RAMATOU !
HÉÉÉÉ
QUOI ?!
TU AS LE CHARME D'UNE VIEILLE CHAUSSETTE ! TITEUF RESTE AVEC MOI !
MAIS... LÂCHE-LE !!
WAAAAIIIE !
DU CALME, LES FILLES !
GNN
GNNN
ARRÊTEEEEZ
QU'EST-CE QUI SE PASSE ICI ?
GNNN
...
PRAK
AAAAAAH !!
MES CHEVEUX !!!
?

MAIS VOUS ÊTES COMPLÈTEMENT CINGLÉES !!!
MES CHEVEUX !!
DÉSOLÉE, TITEUF ...
TIENS, JE TE LES RENDS.
ET QU'EST-CE QUE TU VEUX QUE J'EN FASSE ?!
JE SAIS PAS, MOI... UN PORTE-CLÉ POUR OFFRIR À TA CHÉRIE ?
BANDE DE POURRITES DU SLIP !!!
DU CALME, TITEUF.
HEU ...
ÇA VA REPOUSSER ...
PRENDS EXEMPLE SUR LA STATUE ...
...ON LUI A PRIS SON ZIZI ET IL EN FAIT PAS TOUTE UNE HISTOIRE.
TU CROIS QUE LE TYPE DE LA STATUE, IL AVAIT AUSSI DEUX AMOUREUSES ?
PFFF
ON S'EN FICHE, C'ÉTAIT LA PRÉHISTOIRE DE L'ANTIQUITÉ...
...QUAND LA MAÎTRESSE ÉTAIT ENCORE JEUNE !
J'AI TROP D'AMOUREUSES, FAUT QUE JE TROUVE UNE SOLUTION !
T'AS QU'À PARTAGER.
HÉ ! HO ! TU T'APPROCHES PÔ DE RAMATOU !
NI DE NADIA !
C'EST TOI QUE TU PARTAGES, DÉBILE !
TU FAIS DU TEMPS PARTIEL.
DU TEMPS PAR CIEL ?
UN JOUR AVEC RAMATOU, UN JOUR AVEC NADIA.
HEU... TU CROIS QU'ELLES SERONT D'ACCORD ?
MON PÈRE, IL FAIT ÇA À SON TRAVAIL... ET ÇA MARCHE !
TON PÈRE, IL A DEUX AMOUREUSES ?!
MAIS NON ! IL TRAVAILLE UN JOUR SUR DEUX... ÇA S'APPELLE UN MI-TEMPS.
IL DIT QUE C'EST LE MONDE DE DEMAIN.
WAAA
4.
Z.

J'AI QU'À FAIRE DEUX MI-TEMPS... UN AVEC RAMATOU ... ET UN AVEC NADIA !!
FRANÇOIS, T'ES UN GÉNIE !!
BOF BOF ...
...ET LES JOURS DE CONGÉ, ELLES PEUVENT PROFITER DE FAIRE DES TRUCS DE FILLES... COMME DE LA DANSE... OU PEIGNER DES PONEYS.
MAIS OUI !
... OU ÉCOUTER LES CHANSONS DE KEVIN LOVER ...
MÉGA-GÉNIAL !!!
FALUT TITEUFFF... TES FEVEUX, FA POUFFE ?
BWAAA !
SI TU CONTINUES À LES ARROSER, C'EST SÛR, ILS VONT POUSSER VITE !
BIEN DIT.
ON TE LAISSE, ON VA PRÉPARER LE MONDE DE DEMAIN.
HEU... ATTENDS... MON PÈRE, IL DIT AUSSI QUE LES GENS SONT PAS ENCORE PRÊTS POUR LA RÉPARTITION DES TÂCHES ...
CHUIS PÔ UNE TACHE, MOI ! ...
LES FIIILLES !
TIENS... VOILÀ CRÂNE D'OEUF.
HIHI !
J'AI TROUVÉ UNE SOLUTION ! Y'AURA PLUS DE JALOUSES ... VOUS ALLEZ FAIRE DU MI-TEMPS AMOUREUX !
?
LE LUNDI : RAMATOU EST MON ...HEU... AMOUREUSE ... MARDI, ELLE A CONGÉ ET C'EST NADIA QUI PREND SA PLACE... MERCREDI, RE-RAMATOU ET AINSI DE SUITE ...
QUOI ?
MAIS C'EST COMPLÈTEMENT STUPIDE !
ATTENDEZ ! VOUS AVEZ PÔ TOUT ENTENDU !... PENDANT LES JOURS DE PAUSE, VOUS POUVEZ PEIGNER DES PONEYS EN ÉCOUTANT LES DISQUES DE KEVIN LOVER !
HYPER TRANQUILLE !
... ALORS ?
ZBAFFF
Z.

5

PÔV' DÉBILE!
HÉÉÉÉ! C'ÉTAIT L'IDÉE DE FRANÇOIS!!
OUI... MAIS JE T'AVAIS DIT QUE LES FILLES SERAIENT PAS FORCÉMENT PRÊTES POUR LE MONDE DE DEMAIN...
ET TOI, RAMATOU?
TU PRÉFÈRES LE MONDE D'HIER?
GRANDIS UN PEU, TITEUF!!
HEIN?
MAIS...
RAMATOU...
RÉFLÉCHIS!
JE T'OFFRIRAI UNE BROSSE À PONEY!
"GRANDIS UN PEU"??
...MAIS QU'EST-CE QU'ELLE VEUT DIRE PAR LÀ?
C'EST PARCE QUE T'ES TROP PETIT...
TU LUI ARRIVES À PEINE AUX NÉNÉS.
TITEUF?
T'ES OÙ?
...ALORS FORCÉMENT, ÇA PEUT PAS MARCHER.
C'EST PAS DU TOUT ÇA!
T'ES TROP PETIT DANS TA TÊTE!
...ELLE VEUT QUE T'ÉVOLUES UN PEU...
HÉ! HO! CHUIS PÔ UN HOMME DES CAVERNES!
HOUGA
BOUGA

ELLE VEUT QUE T'ARRÊTES LES CONCOURS DE PETS, LES MATCHS DE CROTTES DE NEZ... QUE TU PASSES AU STADE SUIVANT...
... QUE TU DEVIENNES UN ADOLESCENT !!
DEVENIR UN ADOLESCENT ??
... MAIS JE FAIS COMMENT ?
TU FAIS RIEN, T'ATTENDS... ET ÇA VA TE TOMBER DESSUS !
PAF !
ATTENDS... LES ADOLESCENTS, ÇA PÈTE PLUS ?
ZLAK
C'EST HORRIB' !!
OUI... MAIS SI C'EST CE QUE VEUT RAMATOU ...
HELLOOO !
T'AS VU MES BOUTONS ?
SMOUTCH
OKAY ! JE VEUX DEVENIR ADO TOUT DE SUITE !!
WOH WOH WOH...
ÇA SE COMMANDE PAS... ÇA PEUT T'ARRIVER DEMAIN...
... OU DANS 5 ANS !
MON FRÈRE, IL A UN COPAIN AU FOOT, IL A 18 ANS... ... ET TOUJOURS AUCUN POIL DE SLIP !
QUOI ?
WAAA !
'FAUT DE LA PATIENCE ...
EEH OUI.
OUAIS.
J'VAIS PÔ ATTENDRE DIX ANS POUR QUE L'ADOLOGIE ME TOMBE DESSUS !!
J'SUIS SÛR QU'ON PEUT TROUVER DE L'ENGRAIS À POILS DE SLIP !!!
AVANT QUE MA MÈCHE AIT REPOUSSÉ, JE SERAI ADOLESCENT !
PAROLE DE TITEUF !
HEU... PAROLE DE TITEUF !*
* VOIX GRAVE

ALORS ?
JE CROIS QU'IL EST PAR LÀ ...
VOILÀ : "L'ADOLESCENCE EXPLIQUÉE AUX PARENTS"...
C'EST MA MÈRE QUI L'AVAIT ACHETÉ.
À QUOI ÇA SERT DE L'EXPLIQUER AUX PARENTS ? ILS ONT DÉJÀ ÉTÉ ADOS... ILS CONNAISSENT !
OUAIS, MAIS COMME C'ÉTAIT IL Y A LONGTEMPS, ILS DOIVENT RÉVISER ...
UN PEU COMME UN LIVRE D'ÉCOLE.
PFFF... PÔ COOL.
ÉCOUTE ...
"DU SANG VA COULER CHAQUE MOIS DE TON VAGIN"
QUOI ?!
"... MAIS IL NE FAUT PAS S'INQUIÉTER" ...
QU'EST-CE QUE TU RACONTES ?? JE M'INQUIÈTE À MORT !!!
AH... JE ME SUIS TROMPÉ... C'ÉTAIT LE CHAPITRE "FILLE" ...
DONNE-MOI ÇA !!!
ATTENDS ! "BLABLA... LA TESTOSTÉRONE EST L'HORMONE QUI VA TRANSFORMER L'ENFANT EN ADOLESCENT" ...
LA QUOI ?
TESTOSTÉRONE.
IL ME FAUT DE LA TESTOSTÉROLE !
... RONE.
ON VA DEMANDER À LA PHARMACIE !... ILS ONT SÛREMENT DES CHEWING-GUMS À LA TRUCOSTÉRONE.
J'ESPÈRE QUE ÇA VA PAS TE FAIRE SAIGNER DU VAGIN !
8.

MAIS J'AI PÔ DE VAGIN !! C'EST LES FILLES QUI EN ONT UN !!
OUI, MAIS 'VAUT MIEUX ÊTRE PRUDENT ...
TU VAS PEUT-ÊTRE SAIGNER DU NEZ ...
PHARMACIE
DING
STOP
TITEUF ! VIENS VOIR !
MM...
DES PATCHS POUR ARRÊTER DE FUMER !
MON TONTON UTILISE LES MÊMES !
TU TE LES COLLES SUR LE BRAS ET...
MAIS ON S'EN FICHE !!! J'VEUX PÔ ARRÊTER DE FUMER !
J'VEUX ARRÊTER D'ÊTRE PETIT !
OUI, MAIS ILS ONT PEUT-ÊTRE DES PATCHS POUR ARRÊTER DE PÉTER ?
... OU DE SAIGNER DU SLIP ?
PFFF
VAS-Y ! ... DEMANDE !
ÇA VA... ÇA VA...
MYCOLIX
OUI ?
HEUU... BONJOUR... VOUS AURIEZ DES CHEWING-GUMS À LA TESTOSTÉ...RONE ?
...À LA TESTOSTÉRONE ??
AAH NON... ÇA N'EXISTE PAS.
ET EN PATCH ?

LA TESTOSTÉRONE, ELLE EST DANS TON CORPS... TU DOIS JUSTE GRANDIR ENCORE UN PEU.
C'EST RAMATOU QUI VOUS A DIT ÇA ?
... OU ALORS, TU PEUX PRENDRE DE LA VITAMINE D, ÇA STIMULE LA PRODUCTION DE TESTOSTÉ
JE VEUX ÇA !!!
YES !
... IL Y EN A DANS L'HUILE DE FOIE DE MORUE.
BWARK !
ÇA EXISTE EN PATCH ?
LA VITAMINE D, TU LA TROUVES AUSSI DANS LES RAYONS DU SOLEIL.
HEU...
ON VA PLUTÔT PRENDRE ÇA, ALORS...
EN PLUS, Y'EN A PLEIN DANS LE JARDIN DE MA MÉMÉ ... ET C'EST GRATUIT.
MYCOLIX
SI ÇA SE TROUVE, TA MÉMÉ, ELLE EST PLEINE DE TESTOSTÉRONE D'ADOLESCENT ?
AH OUAIS ! ÇA DOIT ÊTRE POUR ÇA QU'ELLE A UNE MOUSTACHE...
IL VA PRENDRE FROID, TON COPAIN !
MAIS NON, MÉMÉ...
C'EST POUR UNE EXPÉRIENCE SCIENTIFIQUE !

10

Z.

TU DEVRAIS QUAND MÊME METTRE DE LA CRÈME, NON ?
T'ES FOU ?!
J'VAIS PÔ ME PROTÉGER CONTRE LES RAYONS DE VITAMINE D QUI TRANSFORMENT EN ADO !
C'EST VRAI !
ALORS ?
MH...
TU SENS QUELQUE CHOSE ?
BEN ...
NON.
TU VAS PAS SAIGNER SUR LE TRANSAT DE MA MÉMÉ ?
C'EST SEULEMENT LES FILLES !!!
PFF...
J'AI DE LA MOUSTACHE QUI POUSSE, LÀ ?
... NON.
C'EST LONG.
AÏE !
ÇA A UN PEU MARCHÉ ...
TU RESSEMBLES À UN ADOLESCENT SIOUX !
HUGH TITEUF !
ÇA VA... ÇA VA...
Z.
11

" L'APPAREIL GÉNITAL VA COMMENCER À PRODUIRE DES SPERMATOZOÏDES."
QUOI ?
ÇA VEUT DIRE QUE TON ZIZI VA COMMENCER À FABRIQUER DES SPERMATOZOÏDES ...
MAIS JE LUI AI RIEN DEMANDÉ !
... ET COMMENT JE PEUX SAVOIR CE QU'IL EST EN TRAIN DE FABRIQUER, MON APPAREIL GÉNÉTICAL !
T'AS QU'À FAIRE PIPI DANS UNE BOUTEILLE ... ET TU VERRAS BIEN S'IL Y A DES TRUCS QUI NAGENT DEDANS.
GÉNIAL !
... T'AS UNE BOUTEILLE ?
C'EST LA GOURDE DE MON PÈRE QUAND IL FAIT DU SPORT ...
C'EST BON. JE LUI RENDS APRÈS.
ALORS ?
ATTENDS ... JE M'APPLIQUE.
'FAUT PÔ QUE J'EN OUBLIE UN ...
PSSSSS
BEN ... ON VOIT PÔ GRAND'CHOSE ...
C'EST PARCE QU'ILS SONT TROP PETITS.
C'EST ENCORE DES BÉBÉS SPERMATOZOÏDES.
ON A QU'À LES EMMENER À L'ÉCOLE ... ET ON REGARDE AVEC LE MICROSCOPE !
AH OUAIS ! PÔ BÊTE !!

QU'EST-CE QU'IL Y A DANS CETTE BOUTEILLE ?
UN SECRET.
F'EST UN FECRET QUI REFFEMBLE À DU PIPI !
PÔ DU TOUT.
C'EST UN AQUARIUM AVEC PLEIN D'ORGANISMES MICROSCOBIONIQUES DEDANS !
WAAAAA !
ON DIRAIT QUAND MÊME DES ORGANIFMES DANS DU PIPI ...
PFFF... QUEL NUL !
TU CROIS QUE JE DEVRAIS ALLER LES MONTRER À RAMATOU ?
BEN ...
... JE SAIS PAS TROP.
ÇA SERA PEUT-ÊTRE NOS ENFANTS ?
'FAUT QUE JE LES LUI PRÉSENTE !
HEU ...
ATTENDS ...
SALUT RAMATOU
REGARDE CE QUE J'AI POUR TOI !
?
UNE BOUTEILLE DE PIPI !!!?!
ATTENTION !

T'ES VRAIMENT UN MALADE !!
HIHIHI !
DÉGUEU !
ATTENDS...
T'AS DES IDÉES POUR LES PRÉNOMS ?
ELLE A PÔ AIMÉ...
C'EST NORMAL, TU VAS TROP VITE... ELLE EST PAS PRÊTE.
VIDE LA BOUTEILLE, ON VA ESSAYER AUTRE CHOSE...
CRRRR
ÇA ME BRISE LE COEUR... C'ÉTAIENT QUAND MÊME MES PETITS...
OUAIS... MAIS C'EST LA GOURDE DE MON PÈRE !
SNUF EN PLUF FA FENT COMME DU PIPI, TON TRUC !
FAIS GAFFE À CE QUE TU DIS ! SINON MES ENFANTS VONT REMONTER TE MORDRE LE ZIZI !!!
VIENS !
-QU'EST-CE QU'ON FAIT LÀ ?!?
THEBAULT
14
Z.

NUL
GRAVE
SWAG
C'EST UN SPOT D'OBSERVATION !
Y'A PLEIN D'ADOS ICI ...
SI TU VEUX EN DEVENIR UN, 'FAUT QUE TU REGARDES COMMENT ÇA MARCHE.
MOUAIS...
ILS ONT UNE MANIÈRE DE MARCHER ... UN PEU COMME S'ILS ÉTAIENT AU RALENTI.
LE BONNET, ILS LE PORTENT **SUR** LES YEUX ...
P'TAAIN !
LA HASSS ...
GRAVE NUL.
OUAIS P'TAAAIN ...
... ET, SUPER IMPORTANT : 'FAUT AVOIR L'AIR PAS CONTENT ET TIRER LA TRONCHE EN PERMANENCE !
ILS ONT AUSSI PLEIN DE CROÛTES ET DE BOUTONS SUR LA PEAU ...
CONCENTRE-TOI DÉJÀ SUR L'ATTITUDE !
VA DANS LEUR PARC NATUREL ET ENTRAÎNE-TOI !...
OUI MAIS ...
'TENDS ... CHUIS GRAVE ZBOUBÉ, LÀ ...
OUAIS P'TAAIN ...
GRAVE KEUSBI
PSSST
LE BONNET !
OUAIS, BON, ÇA VA ...
J'OBSERVAIS !
WAAAA !
VACHEMENT BIEN !
15
Z.

?
'TAIN ... KESKISS' FOUT D'MA GUEULE, C'PTIT BOLOSS !!
GRAVE FLEUG !
HEU... BORDEL DE SWAG DE ZIZI POILU TA MÈRE EN SHORT...
LA HASS ! T'ARRÊTES ÇA QUOI !!
HEU... CHUIS VÉNÈRE DU SUP, LÀ ...
VAZY !
POUR L'ATTITUDE, TU Y ES PAS ENCORE...
...MAIS LES CROÛTES SUR LA TRONCHE... TU PROGRESSES !
OUILLE
REGARDEZ CEUX-LÀ !!
WOUARK !
HORRIB' !!
'BRÛLE PAS LES ÉTAPES... ÇA, C'EST QUAND TU SERAS AU NIVEAU DEUX.
QUOI ?! C'EST OBLIGÉ DE SE LÉCHER LES BOUCHES !??
BIEN S...
VENEZ VOIR ! JE CROIS QU'ILS VONT SE DÉCOLLER !!!
-AAAAAAAAH !
COMMENT ON PEUT FAIRE UN TRUC PAREIL SANS VOMIR SON GOÛTER ?!?
QUAND T'ES ADOLESCENT, C'EST PAS SI TERRIBLE...
À CAUSE DES HORMONES QUI T'ENVAHISSENT LE CERVEAU, T'ES TOUT LE TEMPS ENDORMI...
DU COUP, TU NE TE RENDS PAS COMPTE.
glace à la langue
Z
Z
LA NATURE EST BIEN FAITE !
Z.
16

...ET QUAND TU TE RÉVEILLES, T'ES ADULTE !
OUF !
TU CROIS QU'ILS SE LÉCHAIENT LES BOUCHES EN DORMANT ?
ÉVIDEMMENT ! COMME DES SOMNAMBULES !
C'EST CLAIR !
SI UN JOUR ÇA M'ARRIVE... J'AIMERAIS MIEUX QU'ON ME RÉVEILLE PÔ !
OUAIS, MOI PAREIL !
SALUT LES ENFANTS !
JE PARS FAIRE MON JOGGING ...
HOP ! HOP !
À TOUT À L'HEURE, 'PA...
T'AS PÔ OUBLIÉ DE RINCER SA BOUTEILLE ?
QUOI ? C'ÉTAIT À TOI DE LE FAIRE !
TCHÔ TOUT LE MONDE !
SALUT ZIZIE !
GA
ALORS TITEUF, ÇA REPOUSSE ... ?
BEN ...
PAPA, TU TE SOUVIENS QUAND L'ADOLESCENCE T'EST TOMBÉE DESSUS ?
L'ADOLESCENCE !? HOULÀ ! C'EST LOIN TOUT ÇA...
MMM... NON. PAS TRÈS BIEN.
TU T'EN SOUVIENS PÔ PARCE QUE TU DORMAIS ?
HEIN ?

17

NE T'INQUIÈTE PAS... QUAND ÇA T'ARRIVERA, TU LE SAURAS BIEN ...
JE LE SAURAI COMMENT ?
EH BIEN... TON CORPS VA SE TRANSFORMER... TOUT ÇA...
SE TRANSFORMER !?? ...COMME HULK ?? AVEC DES MUSCLES ??
BOBO
DES MUSCLES, LES JAMBES QUI S'ALLONGENT, DES POILS... PAS DE QUOI T'INQUIÉTER ...
GRRR
C'EST HYPER INQUIÉTANT !!
AH ! ET DES BOUTONS AUSSI !
MAINTENANT, LAISSE-MOI LIRE MON COURRIER.
TITEUF ! À LA DOUCHE !!
MAIS ?!
MAMAAAN ! J'AI UNE DISCUSSION HYPER IMPORTANTE SUR...
BLABLABLA... TU AS TOUJOURS DE BONNES EXCUSES ...
ZOU !
MAIS ?! MAMAN... MES HABITS VONT PEUT-ÊTRE SE DÉCHIRER D'UNE MINUTE À L'AUTRE... JE VAIS DEVENIR TOUT VERT ET MUSCL
À LA DOUCHE !!
PFFF... T'AS DE LA CHANCE DE PÔ ÊTRE LA MAMAN DE HULK !
QUOI ?
JE SUIS EN TRAIN DE ME MÉTAMORPHOSER EN ADO ... ET TOUT LE MONDE S'EN FICHE !!!!
18.
FIGURE-TOI QUE, JUSTEMENT, LES ADOS ADORENT PRENDRE DES DOUCHES...
AU SECOURS !
Z.

Z
PLIK
PLIK
PLIK
PLIK
Z
RRR
Z.
19.

AÏE AÏE AÏE !
IL T'A BIEN DIT QU'IL NE FALLAIT **JAMAIS** LE RÉVEILLER ...
ARG
C'EST L'IMPACT !
SMUK
MF
MF
MF
WAAAA !
GNNN
GMMNNN
GRMBBL
GRATT GRATT
Star's World
WOOOO LA TRONCHE !
T'AS RÊVÉ QUE TU DEVENAIS PROF DE GYM ?
PIRE QUE ÇA !!

20

Z.

ET TOUJOURS PAS DE POIL DE SLIP ?
RIEN.
J'AI ENCORE VÉRIFIÉ CE MATIN ...
ÇA VA FAIRE COMME AVEC LES MATHS ...
... JE VAIS JAMAIS AVOIR LA MOYENNE !
TCHÔ LES COPAINS !
LA MOYENNE EN QUOI ?
... EN POILS DE SLIP !
IL VEUT TOUJOURS DEVENIR ADO ?
PFFF
EH OUAIS ...
EN TOUT CAS, POUR LA DÉMARCHE, TU Y ES PRESQUE !
HEIN ?
CRRR
POUR LE RESTE : LES BOUTONS, LES POILS, L'ODEUR DE TRANSPIRATION...
ÇA, IL A DÉJÀ !
... ÇA DOIT ÊTRE FAISABLE ...
FAISABLE ? TU CROIS ??
MAIS OUI !
ON VA BRICOLER UN TRUC CHEZ MOI, APRÈS LES COURS ...
- PRÊTS ?
- PRÊTS !
ATTENTION... DOUCEMENT ...
UN... DEUX...
... TROIS !
JE LE TIENS !

MARAOOW !
DÉPÊCHE-TOI !! IL AIME PAS TROP QU'ON LE TIENNE !
JE METS LA COLLE ...
HHH
HHH
... JE FROTTE LE CHAT ...
KHHH
KHHH
AÏE !
KHHH
ÇA A MARCHÉ !
SUPER !
OÙ SONT LES SPARADRAPS ?
KHHHH
J'AI LA MOUSTACHE ...
IL ME FAUDRAIT DES BOUTONS ...
MM ...
MA PETITE COUSINE A LA VARICELLE... TU POURRAIS LUI FAIRE UN BISOU ?
J'VEUX ÊTRE ADO ...
... PÔ MALADE !
ON A QU'À LES DESSINER ...
J'AI DES FEUTRES !
EXCELLENT !
ÇA FAIT HYPER VRAI !
J'AI AUSSI UN STYLO MAUVE ...
J'EN METS ?
QU'EST-CE QUE TU RACONTES ?? Y'A PÔ DE BOUTONS MAUVES !
HÉ HO ! C'EST PAS PARCE QUE T'ES ADO QU'IL FAUT AVOIR AUCUNE ORIGINALITÉ !
C'EST VRAI ! LES ADOS, ILS VEULENT TOUJOURS ÊTRE PAS COMME LES AUTRES !
... C'EST POUR ÇA QU'ILS S'ACHÈTENT TOUS LES MÊMES HABITS DIFFÉRENTS ...
BEN MOI, J'VEUX PÔ D'ORIGINALITÉ DANS MES BOUTONS !
J'VEUX DES BOUTONS TRADITIONNELS !!
Z.
22

WAAAA ! C'EST L'ILLUSION TOTALE !
... OUBLIE PAS L'AIR DÉPRESSIF !
AH OUAIS ! COMME ÇA...
PARFAIT ! ... ET PARLE DOUCEMENT !
... FRÉQUENCE ADO.
SALUT HUGO
?
MAIS ?... POURQUOI IL EST TOUT PETIT ?
C'EST PARCE QU'IL A GRANDI.
T'Y CONNAIS RIEN.
?
J'Y VAIS LES GARS...
CAP SUR LES FILLES !
23
Z.

EN ATTENDANT, ON VA SE METTRE À L'ABRI !
BONNE IDÉE !
SALUUT RAMAATOU...
?
ÇA VAAAA ?
AAHH
AU SECOURS !
TITEUF EST PLEIN DE SANG !
?
AH... ÇA Y EST ! IL S'EST MIS À SAIGNER...
... COMME DANS LE BOUQUIN.
LAISSEZ PASSER !
À L'INFIRMERIE !!
MAIS...
'FAUT PAS S'INQUIÉTER, MADAME...
QU'EST-CE QUI T'EST ARRIVÉ, MON GARÇON ?
... ÇA VA LUI ARRIVER TOUS LES MOIS !
MAIS NON, DÉBILE !
C'EST LE STYLO QUI A COULÉ !
QU'EST-CE QU'ELLE LUI FAIT ?
ELLE LUI RECOUD LA TÊTE...
IL EST MORT ?
ON VOIT SON CERVEAU ?
POUSSE-TOI...

HMMF!
RETOURNE EN CLASSE, MAINTENANT!
WAAA
ÔÔÔOH
WOO
WAAA
QU'EST-CE QUI T'EST ARRIVÉ?
BOF... UNE PETITE FRACTURE DE LA TÊTE CRÂNIENNE...
WOO
... RIEN DE TERRIBLE.
AAH
TU VAS MIEUX, TITEUF? J'AI EU TELLEMENT PEUR!
BOF BOF BOF...
... UNE SIMPLE CRISE D'ADOLESCENCE.
... LE CORPS QUI SE TRANSFORME, TOUT ÇA...
LE CORPS QUI SE TRANSFORME?! WAAA... ÇA DOIT ÊTRE PASSIONNANT!
... TU ME RACONTES?
HEU...
C'EST MOI QUI ME FAIS DU SOUCI POUR TITEUF! TU PERMETS?
JE ME FAIS ENCORE PLUS DE SOUCI QUE TOI!! JE CROYAIS QU'IL ALLAIT MOURIR!!
...
ET MOI, JE CROYAIS QU'IL ÉTAIT DÉJÀ MORT!!
ET MOI, JE COMMANDAIS DÉJÀ DES FLEURS POUR SA TOMBE!!
'FALLAIT PAS AVOIR PEUR COMME ÇA, LES FILLES...
C'ÉTAIT RIEN QUE DU STYLO!
... ET MÊME PAS MAUVE.
QUOI?!!!
NON... MAIS... J'AI EU MAL... UN PEU...
MOI AUSSI!
... À CAUSE DU CHAT!
TU VEUX MA MORT OU QUOI ?!!
DÉSOLÉ... C'ÉTAIT POUR LES RASSURER...

J'AI PLUS DE MOUSTACHE...
... PLUS DE BOUTONS ...
RAMATOU ME DÉTESTE ...
PÔV' MENTEUR !
NADIA AUSSI !
MERCI DE PRÉCISER, MANU !!
NON MAIS C'EST PARCE QUE JE SAVAIS PAS SI TU AVAIS ENTENDU...
EN TOUT CAS, TU FAIS DE MIEUX EN MIEUX L'AIR DÉPRESSIF !
J'AI P'US QU'À ALLER MOURIR TOUT SEUL DANS UN COIN...
EXCELLENT !
ON DIRAIT UN VRAI !
... TITEUF ?
C'EST TOI ?
?
TU TE SOUVIENS DE MOI ?
CAMILLE ...
... À LA CRÈCHE
CAMILLE ?
... LA CRÈCHE ?
CAMILLE ?
LA CRÈCHE ?
CRÈCHE LES PETITS LAPINS
Z.

26.

URK URK
T'ARRÊTES DE L'EMBÊTER !
POURQUOI ?
PARCE QUE.
CROUIK
VOILÀ. TU PEUX RECONSTRUIRE TA TOUR.
27

?
HÉ !
J'AI TROUVÉ UNE BAGUE !
TIENS !
C'EST POUR TOI ...
COMME ÇA, ON POURRA SE MARIER QUAND ON SERA GRANDS ...
AH OUAIS, D'ACCORD.
MAIS D'ABORD, J'VEUX ÊTRE COSMONAUTE, ALORS FAUT ATTENDRE, PARCE QU'ON PEUT PAS METTRE DE ROBE DE MARIÉE SUR LA LUNE.
AH BEN BIEN SÛR !
CAMILLE ?
MAIS ?
TU ...
TU ...
J'AVAIS DÉMÉNAGÉ VERS LE CENTRE COMMERCIAL ...
... ET LÀ, ON EST REVENUS DANS LE QUARTIER.
28.
Z.

BON... SALUT !
AH, AU FAIT... JE DOIS TOUJOURS AVOIR UNE BAGUE À TOI !
HI ! HI !
C'EST QUOI, CETTE HISTOIRE DE BAGUE ?
C'EST UNE CATASTROPHE !!
...AVEC DU SANG ?
J'AI UNE TROISIÈME AMOUREUSE QUI SURGIT DU PASSÉ !!
ÇA VEUT DIRE QU'IL VA FALLOIR CALCULER DU MI-TEMPS DIVISÉ PAR TROIS !
C'EST CHAUD !
'FAUT QUE JE M'ASSOIE...
QU'EST-CE QU'IL A ?
MAIS POURQUOI TU L'AS PERDUE DE VUE TOUTES CES ANNÉES ?
ELLE AVAIT DISPARU À L'AUTRE BOUT DU MONDE !
...VERS LE CENTRE COMMERCIAL.
29.
Z.

VERS LE CENTRE COMMERCIAL... À L'AUTRE BOUT DU MONDE...
...ON S'EN FOUT!
J'AI PROMIS DE ME MARIER AVEC ELLE !!
AH OUAIS...
T'AS QU'À LUI "REPRENDRE" LA BAGUE... PLUS DE BAGUE, PLUS DE PROMESSE...
C'EST VRAI, ÇA...
LUI REPRENDRE ?! TU LA CONNAIS PÔ... C'EST UNE WARRIOR!...
DÉJÀ À LA CRÈCHE, ELLE FAISAIT PEUR À TOUT LE MONDE !
ELLE FAISAIT DES CLÉS DE BRAS AUX GARÇONS...
ON L'APPELAIT CAMILLATOR...
DIS "PITIÉ"...
ZBENK
PITIÉÉ
J'SUIS FOUTU.
PÔV' VIEUX...
T'AS VU? TES CHEVEUX REPOUSSENT!
OUAIS... BEN Y'A QUE ÇA QUI POUSSE...
ÇA... ET LES PROBLÈMES !
...PARCE QUE DU CÔTÉ DES BOUTONS...
...ET DES POILS DE SLIP...
RIEN!
TAP TAP TAP
30.
Z.

CAMILLE...
AH... SALUT TITEUF !
JE... HEU... JE VOULAIS TE DEMANDER... QU'EST-CE QUE TU AS FAIT DE LA BAGUE ?!
ELLE EST DANS MA CHAMBRE.
... MAIS COMME J'AVAIS PEUR DE LA PERDRE, JE ME SUIS FAIT TATOUER TON NOM...
TITEUF
GLP...
MAINTENANT QU'ON S'EST RETROUVÉS, JE VAIS POUVOIR TE TATOUER LE MIEN...
AH ?
JE NE SAIS PAS SI...
HEU...
CLAK
BOUGE PAS... SINON ÇA VA FAIRE MAL.
HEUU...
N..NON
ATTENDS...
HEM !
N...
NON
GN...
RÉVEILLE-TOI !!
YAAAAAAAA
TIK
PÔ LE TATOUAGE !
PÔ LE TATOUAGE...
PÔ...
HEU
EFFECTIVEMENT : "PÔ DE TATOUAGE"...
... MAIS PLUTÔT UNE FICHE DE RENVOI, MONSIEUR TITEUF.
HI HI
HA
HI HI
HI HI
HA
HA
31
Z.

PFFF... QU'EST-CE QUE JE VAIS DIRE À MES PARENTS, MOI ?
UN PETIT TATOUAVE, TITEUF ?
HI HI
DIS-LEUR QUE C'EST À CAUSE DES HORMONES DU SOMMEIL QUI T'ENVAHISSENT PARCE QUE TU DEVIENS ADO...
EUX, C'EST PLUTÔT LES HORMONES DE LA PUNITION QUI VONT LES ENVAHIR... JE LE SENS D'ICI !
JE LES CONNAIS !
STOP !
REGARDE !
BEN... C'EST CAMILLE.
CHUT ! ON VA SAVOIR OÙ ELLE HABITE !
ELLE A UN CHIEN !
MERCI, J'AVAIS VU.
C'EST COOL ! T'AURAS UN CHIEN !
J'AURAI PÔ DE CHIEN !
...ET C'EST PÔ COOL DU TOUT, PARCE QU'ELLE EST SÛREMENT EN TRAIN DE LE DRESSER POUR QU'IL ME RAPPORTE COMME UN BÂTON !
AH...
32.

EEET...
ARSÈNE!
TIENS?.. SALUT TITEUF...
ARSÈNE TE DIT BONJOUR.
BON...
JOUR...
BON... JE DOIS RENTRER, C'EST L'HEURE DE LA PÂTÉE...
À UN DE CES JOURS!
ARSÈNE, RAPPORTE!
ARF
MAINTENANT, ON SAIT QU'ELLE HABITE DANS MON IMMEUBLE...
...ET ON SAIT QUE SON CHIEN EST UN DÉGUEULASSE!!
MANU!! 'FAUT QUE TU M'AIDES!!
...'FAUT QUE TU AILLES CHEZ ELLE!
HEIN?
TU LUI DEMANDES DE TE MONTRER LA BAGUE... ET HOP! TU LA FAIS DISPARAÎTRE!!
ET POURQUOI T'Y VAS PAS TOI-MÊME?
SI J'Y VAIS, ELLE ME LAISSERA JAMAIS REPARTIR!!
PFFF...
...ET PUIS C'EST TON IMMEUBLE!
MM...
... SI TU Y VAS, JE TE DONNE MON EXEMPLAIRE DÉDICACÉ DE "CAPTAIN BICEPS"!!
IL EST DÉDICACÉ À TON NOM.
JE LE BARRE! ET J'ÉCRIS "À MANU, UN TYPE GÉNIAL!"
...ET JE COLORIE LA DÉDICACE!
33
Z.

BON... D'ACCORD.
MERCI MANU !!
T'ES MON MÉGA-MEILLEUR COPAIN !
OUAIS... BEN, COLLE PAS TROP, PARCE QUE T'ES PLEIN DE BAVE...
QUOI ???!
UN BILLET DE RENVOI PARCE QUE TU DORMAIS EN CLASSE ?!
MAIS... JE... HEUU ...
C'EST LA MAÎTRESSE QUI A UNE VOIX DE SOMNIFÈRE ...
PRIVÉ DE TÉLÉ ! PRIVÉ D'ORDINATEUR ! PRIVÉ DE TABLETTE !
QUOI ?
PFFF...
'POURRIEZ PÔ ME PRIVER DE FIANCÉE AUSSI ?
LAISSEZ TOMBER.
TITEUF ?
QU'EST-CE QUI NE VA PAS, EN CE MOMENT ?
TOUT.
C'EST LA VIE QUI CHANGE... TU ES EN TRAIN DE DEVENIR GRAND...
TU CROIS ?
34
Z.

SI TU REGARDES BIEN, T'AS L'IMPRESSION QUE J'AI LA MOUSTACHE QUI POUSSE ?
?
HEUU...
PFFF... TU VOIS, JE DEVIENS UN GRAND QUI RESTE PETIT.
?
ding dong
?
LE COPAIN DE TITEUF ?
QU'EST-CE QUE TU VEUX ?
IL... IL... IL M'A... IL M'A...
HUM...
BON. VIENS ME DIRE ÇA À L'INTÉRIEUR
IL T'A RACONTÉ L'HISTOIRE DE LA BAGUE ?... IL VEUT SAVOIR SI JE L'AI TOUJOURS ?
EXACTEMENT !
IL EST PAS TRÈS COURAGEUX, ALORS IL T'ENVOIE...
DÉJÀ À LA CRÈCHE, IL S'ARRANGEAIT POUR QUE LES AUTRES FASSENT LES CHOSES À SA PLACE...
VOILÀ !
HEU...
... ET TOI, TU L'AIDES PARCE QUE T'ES SON COPAIN...
BEN OUI.
JE TROUVE ÇA MIGNON.
ARSÈNE !
SNUF
C'EST CHOU, LES GARÇONS QUI SE DÉVOUENT POUR LEURS COPAINS.
TU T'APPELLES COMMENT ?
MA... MANU.
WIF
WOF
C'EST JOLI, MANU.
IL Y A UNE HISTOIRE D'AMOUREUSE LÀ-DESSOUS, NON ?
VOUI.
35
Z.

J'EN AVAIS DEUX EN MÊME TEMPS... ET C'ÉTAIT COMPLIQUÉ !
J'IMAGINE ...
PARCE QUE JE VOULAIS PÔ LEUR FAIRE DE LA PEINE.
MAIS LÀ, ELLES ME REGARDENT MÊME PLUS... ET IL Y EN A UNE TROISIÈME QUI SURGIT DU PASSÉ !
WAAA !
COMME UN ZOMBIE !
NE T'INQUIÈTE PAS... SI UNE NOUVELLE FILLE S'INTÉRESSE À TOI, LES DEUX AUTRES VONT RAPPLIQUER.
TU CROIS ?
J'EN SUIS SÛRE !
... MÊME SI LA TROISIÈME RESSEMBLE À UNE CHAMPIONNE DE KUNG-FU ET QU'ELLE A UN CHIEN ?
HEU... MÊME !
MERCI MAMAN !
HA HA HA !
HUM,
ÇA A L'AIR PLUTÔT FESTIF POUR UN SOIR DE PUNITION...
JE RÉCAPITULE : PLUS DE TÉLÉ, PLUS D'ORDINATEUR, PLUS DE...
... ET PLUS DE SOUCIS !
BIZ
ON S'EMBRASSE ?
SI... SI TU... VEUX
B
ARSÈNE !
36
Z.

HI HI HI !
WOUARK !
KEURG !
JE SUIS DÉSOLÉE ...
C'EST PAS GRAVE... ÇA ME FAIT UN ENTRAÎNEMENT ...
WOF
COMMENT ?
JE VEUX DIRE ... À CAUSE DE LA LANGUE.
NON ...
PARCE QUE...
ARSÈNE...
COUCHÉ !
COUIII
COUIII
37

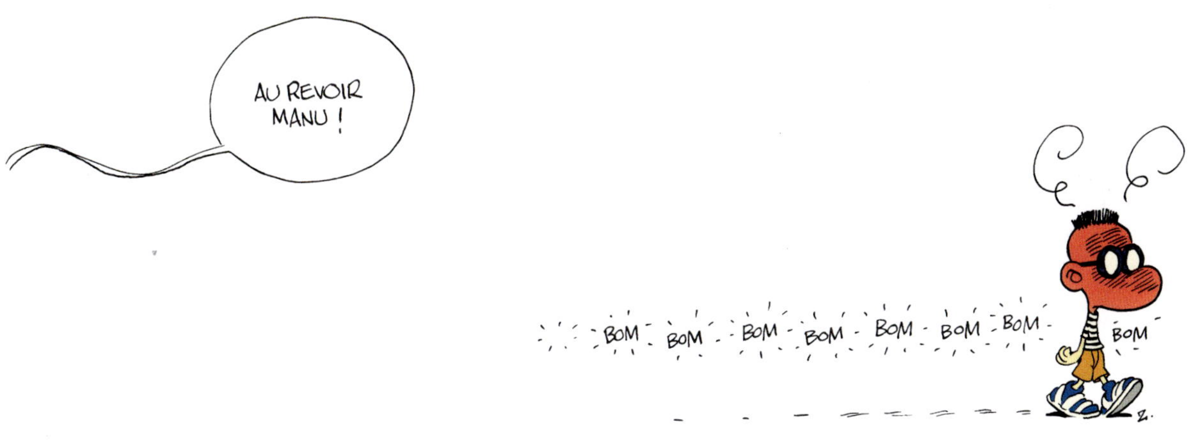
AU REVOIR MANU !
BOM BOM BOM BOM BOM BOM BOM BOM

AAAH... JE ME SENS HYPER BIEN AUJOURD'HUI !
MOI AUSSI.
JE CROIS MÊME QUE JE VAIS ALLER RENDRE UNE PETITE VISITE À CAMILLE !
MOI AUSSI.
COMMENT ÇA "MOI AUSSI" ??? QU'EST-CE QUE TU VEUX DIRE ?
MOI AUSSI.
HÉ MANU !
ÇA VA ??
MOI
AUSSI
... ET IL EST COMME ÇA, AVEC CE SOURIRE DÉBILE, DEPUIS TOUT À L'HEURE.
BIZARRE ...
ATTENDEZ, J'ESSAIE UN TRUC ...
?
?
MMMM ... J'ADOOOORE LES CHOUX DE BRUXELLES !
MOI AUSSI.
AAAAAAH
IL EST DEVENU FOU !
HUM...
JE DIRAIS PLUTÔT QU'IL EST...

38

... AMOUREUX !
MOI AUSSI.
QUOI ?
ATTENDS... ATTENDS... ATTENDS... MANU !!
HIER, TU ES ALLÉ CHEZ CAMILLE ?!?
OUI
NE ME DIS PÔ QUE TU LUI AS REPRIS LA BAGUE !!?
SI.
AAAH !
... MAIS JE LA LUI AI REDONNÉE...
RÂÂÂÂH !
... DE MA PART.
AAAAAAAAAAA
IL EST AMOUREUX DE MON AMOUREUSE, LE TRAÎTRE !!!
COMMENT T'AS PU ME FAIRE UNE CHOSE PAREILLE ?!?!!
HÉ ! HO !... C'ÉTAIT POUR T'AIDER À T'EN DÉBARRASSER...
ALORS DIS-MOI MERCI.
J'VAIS PLUTÔT TE TUER !!!
DE TOUTE FAÇON, TU PEUX RIEN Y FAIRE... ELLE EST FOLLE DE MOI !
C'EST L'ADOLESCENCE QUI M'EST TOMBÉE DESSUS !
PAF !
MAIS T'AS MÊME PÔ DE MOUSTACHE !!
J'AI UNE MOUSTACHE INTÉRIEURE ! JE LA SENS !
T'ES QU'UN SALE TRAÎTRE DU SLIP !!!

EN CLASSE, LES ENFANTS !!
T'AS DE LA CHANCE !
C'EST ÇA ...
... ET JE GARDE MON ALBUM DE "CAPTAIN BICEPS" !
M'EN FICHE !
... C'EST POUR LES P'TITS !
SILENCE !
PFF
C'EST PÔ JUSTE ! MÊME MANU A UNE MOUSTACHE INTÉRIEURE !
?
FA FAIT MAL ?
LA VIE, C'EST DES ÉPINARDS POURRIS !
POC
PFFF...
ÇA VA PAS, TITEUF ?
HEIN ?
TU AS L'AIR TRISTE ...
Grmbl

40

BEN... DEPUIS UNE SEMAINE, JE FAIS TOUT POUR DEVENIR ADOLESCENT... MAIS ÇA MARCHE PÔ !
PÔ DE BOUTONS, PÔ DE VOIX TOUTE MOLLE, ... PÔ UNE GOUTTE DE TESMOSPÉRONE !!
ET LÀ, PAF ! MON MEILLEUR COPAIN DEVIENT L'AMOUREUX DE MON AMOUREUSE !!
QUOI ?
NON, MAIS... C'EST PÔ UNE VRAIE AMOUREUSE... C'EST PLUTÔT UN ZOMBIE QUI SURGIT DU PASSÉ...
LA BAAGUE
TU VOIS ?
HEUU ...
ENFIN BREF ...
TOUT VA MAL.
TITEUF...
MH ?
POURQUOI TU VEUX DEVENIR ADOLESCENT ?
BEN... C'EST TOI QUI M'AS DIT DE GRANDIR !
TSSS
C'EST PAS CE QUE JE VOULAIS DIRE...
AH BON ?
L'ADOLESCENCE ARRIVERA QUAND ELLE ARRIVERA... ÇA SERT À RIEN DE VOULOIR ACCÉLÉRER LES CHOSES.
TU CROIS ?
UN PEU DE PATIENCE ...
J'AI DE LA MOUSTACHE, LÀ ?
TITEUF...
... NON, MAIS C'EST PARCE QUE JE VIENS D'AVOIR UNE MINUTE DE PATIENCE...
41
Z.

TU ES TERRIBLE ...
TERRIBLE... COMME "WAOO! TU ES TERRIBLE"?
HEIN?
MMH
RAMATOU?
OUI.
JE PEUX TE DIRE UN SECRET?
... D'ACCORD
EH BIEN... CHAQUE MOIS, DU SANG VA COULER DE TON VAGIN!
ROOOOH...
TU LE SAVAIS?
OUI.
... MAIS JE M'ATTENDAIS À AUTRE CHOSE...
J'AI AUSSI DES INFOS SUR LA SALIVE ET SUR LES SOMNAMBULES! ...
TITEUF...
OUI?
TAIS-TOI!
MAIS...
CHUT.
SMUK
BOM BOM BOM BOM BOM BOM BOM BOM BOM BOM BOM BOM

BOMBOMBOMBOMBO
BOMBOMB-MBOM
B-M-BOM B-MBOMBOMBOMBOM
TIK
TIK TIK
TIK TIK
PLOP
PLOP
PLOP
PLIP
BOM BOMBOM
BOMBOMBOM
MANU! TITEUF! VOUS POUVEZ RÉPÉTER LA QUESTION QUE JE VIENS DE POSER ??!
MOI AUSSI!

J'TE JURE !!
JE L'AI EMBRASSÉE ! ...ET J'AI MÊME PÔ EU BESOIN DE RESPIRER !
JE CONNAIS ÇA...
PFFF... C'EST FACILE !
...Y'A QU'À RESPIRER PAR LE NEZ.
AH OUAIS ?! EH BEN... PUISQUE C'EST FACILE, FAIS-LE !... MONSIEUR JE-SAIS-TOUT !
JE LE FAIS QUAND JE VEUX !
RAMATOU !
DIS-LUI QU'ON S'EST EMBRASSÉS SANS RESPIRER !
MAIS...
IL VEUT PÔ ME CROIRE, CE DÉBILE DU NEURONE-DE-SLIP !
DIS-LUI !
TITEUF... TITEUF... TITEUF...
BEN QUOI ?
C'EST PÔ VRAI ?
T'AS ENCORE GAFFÉ.
J'AI PÔ GAFFÉ !
ELLE A FAIT "TITEUF-TITEUF-TITEUF"...
...C'EST PARCE QUE T'AS GAFFÉ !
ELLE A FAIT "TITEUF-TITEUF-TITEUF" PARCE QU'ELLE PENSE À MOI TOUT LE TEMPS.
TSSS...
EN CLASSE !
GAFFÉ !
44
Z.

MUT MUT MUT
MM
7:00
MNG
filex
TITEUF... TU N'AS PAS BU TON CHOCO...
BONNE JOURNÉE!
SALUT TITEUF, ÇA V...
TCHÔ MANU!
HÉÉÉÉÉ DOUFEMENT!
AÏE!
PARDON.
RAMATOU! RAMATOU!
J'AI UN BOUTON!
PFFF
PFF
45

HEU... FORMIDABLE, TITEUF... IL Y A DES CRÈMES POUR ÇA... TU EN METTRAS CE SOIR ET IL VA PARTIR.
MAIS...
ATTENDS ! T'AS PÔ BIEN REGARDÉ !! C'EST UN VRAI BOUTON D'ADOLESCENCE !
CHUIS EN PLEINE MÉTAMORPHOSE !
T'AS VU, NADIA ?
ALORS ? ALORS ?
BEURK
DÉGOÛTANT.
C'EST TOUT BLANC.
ET REGARDEZ... SI ON APPUIE DESSUS...
GNNN
EEURK !
PRTZZ
VOUS AVEZ VU ÇA ? HEIN ?
JE VAIS... VOMIR.
GRANDIS UN PEU !!!
MAIS...
?
RÂÂÂÂÂÂÂÂÂH !
?
fin

TITEVFVS AB ORIGINE